Folhas caídas

Almeida Garrett

Copyright © 2013 da edição: Editora DCL – Difusão Cultural do Livro

Equipe DCL – Difusão Cultural do Livro

DIRETOR EDITORIAL: Raul Maia

Equipe Eureka Soluções Pedagógicas

REVISÃO DE TEXTOS: Joana Carda Soluções Editoriais

Texto em conformidade com as novas regras ortográficas do Acordo da Língua Portuguesa

Dados Internacionais de Catalogação na Publicação (CIP)
(Câmara Brasileira do Livro, SP, Brasil)

Garrett, Almeida, 1799-1854.
  Folhas caídas / Almeida Garrett. -- São Paulo :
DCL, 2013. -- (Clássicos literários)

  ISBN 978-85-368-1638-8

  1. Poesia portuguesa I. Título. II. Série.

13-01064   CDD-869.1

Índices para catálogo sistemático:

1. Poesia : Literatura portuguesa 869.1

Impresso na Índia

Editora DCL – Difusão Cultural do Livro
(11) 3932-5222
www.editoradcl.com.br

Sumário

Advertência 5
Livro Primeiro
I Ignoto Deo 6
II Adeus! 7
III Quando eu sonhava 10
IV Aquela noite 11
V O anjo caído 15
VI O álbum 16
VII Saudades 18
VIII Este inferno de mar 19
IX Destino 19
X Gozo e dor 20
XI Perfume da rosa 21
XII Rosa sem espinhos 22
XIII Rosa pálida 23
XIV Flor de ventura 25
XV Bela d'amor 26
XVI Os cinco sentidos 26
XVII Rosa e Lírio 28
XVIII Coquette dos prados 29
XIX Cascais 29
XX Estes sítios! 31
XXI Não te amo 32
XXII Não és tu 33
XXIII Beleza 34
XXIV Anjo és 35
XXV Víbora 36

Livro Segundo

I Barca bela 37
II A coroa 37
III Sina 38
IV Ai, Helena! 39
V The rose - A sigh 40
VI A rosa - um suspiro 40
VII Retrato 41
VIII Lucinda 42
IX As duas rosas 43
X Voz e aroma 44
XI Seus olhos 45
XII A Délia 45
XIII A jovem americana 46
XIV Adeus, mãe! 47
XV Ave, Maria 49
XVI Os exilados 50
XVII Preito 51
XVIII No lumiar 52
XIX A um amigo 55

Folhas caídas

Advertência

Antes que venha o Inverno e disperse ao vento essas folhas de poesia que por aí caíram, vamos escolher uma ou outra que valha a pena conservar, ainda que não seja senão para memória.

A outros versos chamei eu já as últimas recordações da minha vida poética. Enganei o público, mas de boa-fé, porque me enganei primeiro a mim. Protestos de poetas que sempre estão a dizer adeus ao mundo, e morrem abraçados com o louro – às vezes imaginário, porque ninguém os coroa.

Eu pouco mais tinha de vinte anos quando publiquei certo poema, e jurei que eram os últimos versos que fazia. Que juramentos!

Se dos meus se rirem, têm razão; mas saibam que eu também primeiro me ri deles. Poeta na primavera, no estio e no outono da vida, hei-de sê-lo no inverno, se lá chegar, e hei-de sê-lo em tudo. Mas dantes cuidava que não, e nisso ia o erro.

Os cantos que formam esta pequena colecção pertencem todos a uma época de vida íntima e recolhida que nada tem com as minhas outras colecções.

Essas mais ou menos mostram o poeta que canta diante do público. Das Folhas Caídas ninguém tal dirá, ou bem pouco entende de estilos e modos de cantar.

Não sei se são bons ou maus estes versos; sei que gosto mais deles do que de nenhuns outros que fizesse. Porquê? É impossível dizê-lo, mas é verdade. E, como nada são por ele nem para ele, é provável que o público sinta bem diversamente do autor. Que importa?

Apesar de sempre se dizer e escrever há cem mil anos o contrário, parece-me que o melhor e mais recto juiz que pode ter um escritor é ele próprio, quando o não cega o amor-próprio. Eu sei que tenho os olhos abertos, ao menos agora.

Custa-lhe a uma pessoa, como custava ao Tasso, e ainda sem ser Tasso, a queimar os seus versos, que são seus filhos; mas o sentimento paterno não impede de ver os defeitos das crianças.

Enfim, eu não queimo estes. Consagrei-os *ignoto deo*. E o deus que os inspirou que os aniquile, se quiser: não me julgo com direito de o fazer eu.

Ainda assim, no ignoto deo não imaginem alguma divindade meia velada com cendal transparente, que o devoto está morrendo que lhe caia para que todos a vejam bem clara. O meu deus desconhecido é realmente aquele misterioso, oculto e não definido sentimento de alma que a leva às aspirações de uma felicidade ideal, o sonho de oiro do poeta.

Imaginação que porventura se não realiza nunca. E daí, quem sabe? A culpa é talvez da palavra, que é abstracta de mais. Saúde, riqueza, miséria, pobreza e ainda coisas mais materiais, como o frio e o calor, não são senão estados comparativos, aproximativos. Ao infinito não se chega, porque deixava de o ser em se chegando a ele.

Logo o poeta é louco, porque aspira sempre ao impossível. Não sei. Essa é uma disputação mais longa.

Mas sei que as presentes Folhas Caídas representam o estado de alma do poeta nas variadas, incertas e vacilantes oscilações do espírito, que, tendendo ao seu fim único, a posse do Ideal, ora pensa tê-lo alcançado, ora estar a ponto de chegar a ele, ora ri amargamente porque reconhece o seu engano, ora se desespera de raiva impotente por sua credulidade vã.

Deixai-o passar, gente do mundo, devotos do poder, da riqueza, do mando, ou da glória. Ele não entende bem disso, e vós não entendeis nada dele.

Deixai-o passar, porque ele vai onde vós não ides; vai, ainda que zombeis dele, que o calunieis, que o assassineis. Vai, porque é espírito, e vós sois matéria.

E vós morrereis, ele não. Ou só morrerá dele aquilo em que se pareceu e se uniu convosco. E essa falta, que é a mesma de Adão, também será punida com a morte.

Mas não triunfeis, porque a morte não passa do corpo, que é tudo em vós, e nada ou quase nada no poeta.

Janeiro, 1853.

Livro Primeiro

I

Ignoto deo
D.D.D.

Creio em ti, Deus: a fé viva
De minha alma a ti se eleva.
És – o que és não sei. Deriva
Meu ser do teu: luz... e treva,
Em que – indistintas! – se envolve
Este espírito agitado,
De ti vem, a ti devolve.
O Nada, a que foi roubado
Pelo sopro criador
Tudo o mais, o há-de tragar.
Só vive de eterno ardor

Folhas caídas

O que está sempre a aspirar
Ao infinito donde veio.
Beleza és tu, luz és tu,
Verdade és tu só. Não creio
Senão em ti; o olho nu.
Do homem não vê na terra
Mais que a dúvida, a incerteza,
A forma que engana e erra.
Essência!, a real beleza,
O puro amor – o prazer
Que não fatiga e não gasta...
Só por ti os pode ver
O que inspirado se afasta,
Ignoto Deus, das ronceiras,
Vulgares turbas: despidos
Das coisas vãs e grosseiras
Sua alma, razão, sentidos,
A ti se dão, em ti vida,
E por ti vida têm. Eu, consagrado
A teu altar, me prosto e a combatida
Existência aqui ponho, aqui votado
Fica este livro – confissão sincera
Da alma que a ti voou e em ti só 'spera.

II

Adeus!

Adeus!, para sempre adeus!,
Vai-te, oh!, vai-te, que nesta hora
Sinto a justiça dos Céus
Esmagar-me a alma que chora.
Choro porque não te amei,
Choro o amor que me tiveste;
O que eu perco, bem no sei,
Mas tu... tu nada perdeste:
Que este mau coração meu
Nos secretos escaninhos
Tem venenos tão daninhos
Que o seu poder só sei eu.
Oh!, vai... para sempre adeus!

Vai, que há justiça nos Céus.
Sinto gerar na peçonha
Do ulcerado coração
Essa víbora medonha
Que por seu fatal condão
Há-de rasgá-lo ao nascer:
Há-de, sim, serás vingada,
E o meu castigo há-de ser
Ciúme de ver-te amada,
Remorso de te perder.

Vai-te, oh!, vai-te, longe, embora,
Que sou eu capaz agora
De te amar – Ai!, se eu te amasse!
Vê se no árido pragal
Deste peito se ateasse

De amor o incêndio fatal!
Mais negro e feio no Inferno
Não chameja o fogo eterno.

Que sim? Que antes isso? – Ai, triste!
Não sabes o que pediste.
Não te bastou suportar
o cepo-rei; impaciente
Tu ousas a deus tentar
Pedindo-lhe o rei-serpente!

E cuidas amar-me ainda?
Enganas-te: é morta, é finda,
Dissipada é a ilusão.
Do meigo azul de teus olhos
Tanta lágrima verteste,
Tanto esse orvalho celeste
Derramado o viste em vão
Nesta seara de abrolhos,
Que a fonte secou. Agora
Amarás... sim, hás-de amar,
Amar deves... Muito embora...
Oh!, mas noutro hás-de sonhar
Os sonhos de oiro encantados
Que o mundo chamou amores.

Folhas caídas

E eu réprobo... eu se o verei?
Se em meus olhos encovados
Der a luz de teus ardores...
Se com ela cegarei?
Se o nada dessas mentiras
Me entrar pelo vão da vida...
Se, ao ver que feliz deliras,
Também eu sonhar ...Perdida,
Perdida serás – perdida.

Oh!, vai-te, vai, longe, embora!
Que te lembre sempre e agora
Que não te amei nunca... ai!, não:
E que pude a sangue-frio,
Covarde, infame, vilão,
Gozar-te – mentir sem brio,
Sem alma, sem dó, sem pejo,
Cometendo em cada beijo
Um crime... Ai!, triste, não chores,
Não chores, anjo do Céu,
Que o desonrado sou eu.

Perdoar-me, tu?... Não mereço.
A imundo cerdo voraz
Essas pérolas de preço
Não as deites: é capaz
De as desprezar na torpeza
De sua bruta natureza.
Irada, te há-de admirar,
Despeitosa, respeitar,
Mas indulgente... Oh!, o perdão
É perdido no vilão,
Que de ti há-de zombar.

Vai, vai... para sempre adeus!
Para sempre aos olhos meus
Sumido seja o clarão
De tua divina estrela.
Faltam-me olhos e razão
Para a ver, para entendê-la:
Alta está no firmamento
De mais, e de mais é bela

Para o baixo pensamento
Com que em má hora a fitei;
Falso e vil o encantamento
Com que a luz lhe fascinei.
Que volte a sua beleza
Do azul do céu à pureza,
E que a mim me deixe aqui
Nas trevas em que nasci,
Trevas negras, densas, feias,
Como é negro este aleijão
Donde me vem sangue às veias,
Este que foi coração,
Este que amar-te não sabe
Porque é só terra – e não cabe
Nele uma ideia dos Céus ...
Oh!, vai, vai; deixa-me adeus!

III

Quando eu sonhava

Quando eu sonhava, era assim
Que nos meus sonhos a via;
E era assim que me fugia,
Apenas eu despertava,
Essa imagem fugidia
Que nunca pude alcançar.
Agora, que estou desperto,
Agora a vejo fixar...
Para quê? – Quando era vaga,
Uma ideia, um pensamento,
Um raio de estrela incerto
No imenso firmamento,
Uma quimera, um vão sonho,
Eu sonhava – mas vivia:
Prazer não sabia o que era,
Mas dor, não na conhecia ...

Folhas caídas

IV

Aquela noite!

Era a noite da loucura,
Da sedução, do prazer,
Que em sua mantilha escura
Costuma tanta ventura,
Tantas glórias esconder.
Os felizes... e ai!, são tantos...
Eu, por tantos os contava!
Eu, que o sinal de meus prantos
Do aflito rosto lavava –
Os felizes presunçosos
Iam nos coches ruidosos
Correndo aos salões doirados
De mil fogos alumiados,
Donde em torrentes saía
A clamorosa harmonia
Que à festa, ao prazer tangia.

Eu sentia esse ruído
Como o confuso bramar
De um mar ao longe movido
Que à praia vem rebentar:
E disse comigo: «Vamos,
Os lutos d'alma dispamos,
À festa hei-de ir também eu!»

E fui: e a noite era bela,
Mas não vi a minha estrela
Que eu sempre via no céu:
Cobriu-a de espesso véu
Alguma nuvem a ela,
Ou era que já vendado
Me levava o negro fado
Onde a vida me perdeu?

Fui; meu rosto macerado,
A funda melancolia
Que todo o meu ser revia,

Qual o ataúde levado
A egípcio festim, dizia:
«Como vós fui eu também;
Folgai, que a morte aí vem!»
Dizia-o, sim, meu semblante,
Que, onde eu chegava, o prazer
Cessava no mesmo instante;
E o lábio, que ia a dizer
Doçuras de amor, gelava;
E o riso, que ia a nascer
Na face linda, expirava.
Era eu – e a morte em mim,
Que só ela espanta assim!

Quantas mulheres tão belas
Ébrias de amor e desejos,
Quantas vi saltar-lhe os beijos
Da boca ardente e lasciva!
E eu, que ia chegar-me a elas...
Para logo a fronte esquiva
De recatos se envolvia
E, toda pudor, tremia.

Quantas o seio anelante,
Nu, ardente e palpitante
Andavam como entregando
À cobiça mal desperta,
Gasta já e desdenhosa,
Dos que as estavam mirando
Com vaga luneta incerta
Que diz: «Aquela é formosa,
Não se me dava de a ter.
E esta? É só baronesa,
Vale menos que a duquesa:
Não sei a qual atender.»

E a isto chamam prazer!
A grande ventura é esta?
Vale a pena vir à festa
E vale a pena viver.
Como então quis à tristura
Do meu viver isolado!

Fique-se embora a ventura,
Que eu quero ser desgraçado.

Levantei alto a cabeça,
Senti-me crescer – e a frente
Desanuviar-se contente
Do feio negrume espesso
Que assustava aquela gente.
Logo os sorrisos caíram
Para o meu lado também;
Já como um dos seus me viam,
Que em mim não viam ninguém.
Eu, de olhos desencantados,
A elas, como as eu via!
Meus entusiasmos passados,
Oh!, como deles me ria!

Frio o sarcasmo saía
De meus lábios descorados,
E sem dó e sem pudor
A todas falei de amor...
Do amor bruto, degradante,
Que no seio palpitante,
Na espádua nua se acende...
Amor lascivo que ofende,
Que faz corar... elas riam
E oh, que não, não se ofendiam!

Mas o orquestra bradou alta:
«Festa, festa!, e salta, salta!»
os seus guizos delirantes
Sacode louca a Folia...
Adeus, requebros de amantes!
Suspiros, quem nos ouvia?
As palavras meias ditas,
Meias nos olhos escritas,
Voavam todas perdidas
Dispersas, rotas no ar;
Que se foram almas, vidas,
Tudo se foi a valsar.

Quem é esta que mais voltas
Gira, gira sem cessar?
Como as roupas leves, soltas,
Aéreas leva a ondular
Em torno à forma graciosa,
Tão flexível, tão airosa,
Tão fina! – Agora parou,
E tranquila se assentou.
Que rosto! Em linhas severas
Se lhe desenha o profil;
E a cabeça, tão gentil,
Como se fora deveras
A rainha dessa gente,
Como a levanta insolente!

Vive Deus!, que é ela... aquela,
A que eu vi na tal janela,
E que triste me sorria
Quando passando me via
Tão pasmado a olhar para ela.
A mesma melancolia
Nos olhos tristes – de luz
Oblíqua, viva mas fria;
A mesma alta inteligência
Que da face lhe transluz;
E a mesma altiva impaciência
Que de tudo, tudo cansa,
De tudo o que foi, que é,
E na erma vida só vê
O raio da vaga esp'rança.

«Pois isto sim, que é mulher»,
Disse eu – «e aqui há que ver».
Já vinha a pálida aurora
Anunciando a manhã fria,
E eu falava e eu ouvia
O que até àquela hora
Nunca disse, nunca ouvi...
Toda a memória perdi
Das palavras proferidas...
Não eram destas sabidas,
Nem quais eram não no sei ...

Sei que a vida era outra em mim,
Que era outro ser o meu ser,
Que uma alma nova me achei
Que eu bem sabia não ter.

E daí? – Daí, a história
Não deixou outra memória
Dessa noite de loucura,
De sedução, de prazer...
Que os segredos da ventura
Não são para se dizer.

V

O anjo caído

Era um anjo de Deus
Que se perdera dos Céus
E terra a terra voava.
A seta que lhe acertava
Partira de arco traidor,
Porque as penas que levava
Não eram penas de amor.

O anjo caiu ferido,
E se viu aos pés rendido
Do tirano caçador.
De asa morta e sem 'splendor
O triste, peregrinando
Por estes vales de dor,
Andou gemendo e chorando.

Vi-o eu, o anjo dos Céus,
O abandonado de Deus,
Vi-o, nessa tropelia
Que o mundo chama alegria,
Vi-o a taça do prazer
Pôr ao lábio que tremia...
E só lágrimas beber.

Ninguém mais na Terra o via,
Era eu só que o conhecia...
Eu que já não posso amar!
Quem no havia de salvar?
Eu, que numa sepultura
Me fora vivo enterrar?
Loucura! ai, cega loucura!

Mas entre os anjos dos Céus
Faltava um anjo ao seu Deus;
E remi-lo e resgatá-lo
Daquela infâmia salvá-lo
Só força de amor podia.
 Quem desse amor há-de amá-lo,
Se ninguém o conhecia?

Eu só. – E eu morto, eu descrido,
Eu tive o arrojo atrevido
De amar um anjo sem luz.
Cravei-a eu nessa cruz
Minha alma que renascia,
Que toda em sua alma pus.
E o meu ser se dividia,

Porque ela outra alma não tinha,
Outra alma senão a minha...
Tarde, ai!, tarde o conheci,
Porque eu o meu ser perdi,
E ele à vida não volveu...
Mas da morte que eu morri
Também o infeliz morreu.

VI

O álbum

Minha Júlia, um conselho de amigo;
Deixa em branco este livro gentil:
Uma só das memórias da vida
Vale a pena guardar, entre mil.

Folhas caídas

E essa n'alma em silêncio gravada
Pelas mãos do mistério há-de ser;
Que não tem língua humana palavras,
Não tem letra que a possa escrever.

Por mais belo e variado que seja
De uma vida o tecido matiz ,
Um só fio da tela bordada,
Um só fio há-de ser o feliz.

Tudo o mais é ilusão, é mentira,
Brilho falso que um tempo seduz,
Que se apaga, que morre, que é nada
Quando o sol verdadeiro reluz.

De que serve guardar monumentos
Dos enganos que a esp'rança forjou?
Vãos reflexos de um sol que tardava
Ou vãs sombras de um sol que passou!

Crê-me, Júlia: mil vezes na vida
Eu coa minha ventura sonhei;
E uma só, dentre tantas, o juro,
Uma só com verdade a encontrei.

Essa entrou-me pela alma tão firme,
Tão segura por dentro a fechou,
Que o passado fugiu da memória,
Do porvir nem desejo ficou.

Toma pois, Júlia bela, o conselho:
Deixa em branco este livro gentil,
Que as memórias da vida são nada,
E uma só se conserva entre mil.

VII

Saudades

Leva este ramo, Pepita,
De saudades portuguesas;
É flor nossa; e tão bonita
Não na há noutras devesas.

Seu perfume não seduz,
Não tem variado matiz,
Vive à sombra, foge à luz,
As glórias d'amor não diz;

Mas na modesta beleza
De sua melancolia
É tão suave a tristeza,
Inspira tal simpatia!...

E tem um dote esta flor
Que de outra igual se não diz:
Não perde viço ou frescor
Quando a tiram da raiz.

Antes mais e mais floresce
Com tudo ó que as outras mata;
Até às vezes mais cresce
Na terra que é mais ingrata.

Só tem um cruel senão,
Que te não devo esconder:
Plantada no coração,
Toda outra flor faz morrer.

E, se o quebra e despedaça
Com as raízes mofinas,
Mais ela tem brilho e graça,
É como a flor das ruínas.

Não, Pepita, não ta dou...
Fiz mal em dar-te essa flor,

Que eu sei o que me custou
Tratá-la com tanto amor.

VIII

Este inferno de mar

Este inferno de amar – como eu amo!
– Quem mo pôs aqui n'alma ... quem foi?
Esta chama que alenta e consome,
Que é a vida – e que a vida destrói
– Como é que se veio a atear,
Quando – ai quando se há-de ela apagar?

Eu não sei, não me lembra: o passado,
A outra vida que dantes vivi
Era um sonho talvez... – foi um sonho
– Em que paz tão serena a dormi!
Oh!, que doce era aquele sonhar ...
Quem me veio, ai de mim!, despertar?

Só me lembra que um dia formoso
Eu passei... dava o Sol tanta luz!
E os meus olhos, que vagos giravam,
Em seus olhos ardentes os pus.
Que fez ela?, eu que fiz? – Não no sei;
Mas nessa hora a viver comecei ...

IX

Destino

Quem disse à estrela o caminho
Que ela há-de seguir no céu?
A fabricar o seu ninho
Como é que a ave aprendeu?
Quem diz à planta «Florece!»
E ao mudo verme que tece

Sua mortalha de seda
Os fios quem lhos enreda?

Ensinou alguém à abelha
Que no prado anda a zumbir
Se à flor branca ou à vermelha
O seu mel há-de ir pedir?
Que eras tu meu ser, querida,
Teus olhos a minha vida,
Teu amor todo o meu bem...
Ai!, não mo disse ninguém.

Como a abelha corre ao prado,
Como no céu gira a estrela,
Como a todo o ente o seu fado
Por instinto se revela,
Eu no teu seio divino.
Vim cumprir o meu destino...
Vim, que em ti só sei viver,
Só por ti posso morrer.

X

Gozo e dor

Se estou contente, querida,
Com esta imensa ternura
De que me enche o teu amor?
– Não. Ai!, não; falta-me a vida,
Sucumbe-me a alma à ventura:
O excesso de gozo é dor.

Dói-me alma, sim; e a tristeza
Vaga, inerte e sem motivo,
No coração me poisou,
Absorto em tua beleza,
Não sei se morro ou se vivo,
Porque a vida me parou.

É que não há ser bastante
Para este gozar sem fim
Que me inunda o coração.
Tremo dele, e delirante
Sinto que se exaure em mim
Ou a vida – ou a razão.

XI

Perfume da Rosa

Quem bebe, rosa, o perfume
Que de teu seio respira?
Um anjo, um silfo? Ou que nume
Com esse aroma delira?

Qual é o deus que, namorado,
De seu trono te ajoelha,
E esse néctar encantado
Bebe oculto, humilde abelha?

– Ninguém? – Mentiste: essa frente
Em languidez inclinada,
Quem ta pôs assim pendente?
Dize, rosa namorada.

E a cor de púrpura viva
Como assim te desmaiou?
E essa palidez lasciva
Nas folhas quem ta pintou?

Os espinhos que tão duros
Tinhas na rama lustrosa,
Com que magos esconjuros
Tos desarmaram, ó rosa?

E porquê, na hástia sentida
Tremes tanto ao pôr do Sol?
Porque escutas tão rendida
O canto do rouxinol?

Que eu não ouvi um suspiro
Sussurrar-te na folhagem?
Nas águas desse retiro
Não espreitei a tua imagem?

Não a vi aflita, ansiada...
– Era de prazer ou dor? –
Mentiste, rosa, és amada,
E tu também tu amas, flor.

Mas ai!, se não for um nume
O que em teu seio delira,
Há-de matá-lo o perfume
Que nesse aroma respira.

XII

Rosa sem espinhos

Para todos tens carinhos,
A ninguém mostras rigor!
Que rosa és tu sem espinhos?
Ai, que não te entendo, flor!

Se a borboleta vaidosa
A desdém te vai beijar,
O mais que lhe fazes, rosa,
É sorrir e é corar.

E quando a sonsa da abelha,
Tão modesta em seu zumbir,
Te diz: «Ó rosa vermelha,
Bem me podes acudir:

Deixa do cálix divino
Uma gota só libar...
Deixa, é néctar peregrino,
Mel que eu não sei fabricar ...

Folhas caídas

Tu de lástima rendida,
De maldita compaixão,
Tu à súplica atrevida
Sabes tu dizer que não?

Tanta lástima e carinhos,
Tanto dó, nenhum rigor!
És rosa e não tens espinhos!
Ai!, que não te entendo, flor.

XIII

Rosa pálida

Rosa pálida, em meu seio
Vem, querida, sem receio
Esconder a aflita cor.
Ai!, a minha pobre rosa!
Cuida que é menos formosa
Porque desbotou de amor.

Pois sim... quando livre, ao vento,
Solta de alma e pensamento,
Forte de tua isenção,
Tinhas na folha incendida
O sangue, o calor e a vida
Que ora tens no coração.

Mas não eras, não, mais bela,
Coitada, coitada dela,
A minha rosa gentil!
Coravam-na então desejos,
Desmaiam-na agora os beijos...
Vales mais mil vezes, mil.

Inveja das outras flores!
Inveja de quê, amores?
Tu, que vieste dos Céus,
Comparar tua beleza

Às filhas da natureza!
Rosa, não tentes a Deus.

E vergonha!... de quê, vida?
Vergonha de ser querida,
Vergonha de ser feliz!
Porquê?... porquê em teu semblante
A pálida cor da amante
A minha ventura diz?

Pois, quando eras tão vermelha
Não vinha zângão e abelha
Em torno de ti zumbir?
Não ouvias entre as flores
Histórias dos mil amores
Que não tinhas, repetir?

Que hão-de eles dizer agora?
Que pendente e de quem chora
É o teu lânguido olhar?
Que a tez fina e delicada
Foi, de ser muito beijada,
Que te veio a desbotar?

Deixa-os: pálida ou corada,
Ou isenta ou namorada,
Que brilhe no prado flor,
Que fulja no céu estrela,
Ainda é ditosa e bela
Se lhe dão só um amor.

Ai!, deixa-os, e no meu seio
Vem, querida, sem receio
Vem a frente reclinar.
Que pálida estás, que linda!
Oh!, quanto mais te amo ainda
Dês que te fiz desbotar.

XIV

Flor de ventura

A flor de ventura
Que amor me entregou,
Tão bela e tão pura
Jamais a criou:

Não brota na selva
De inculto vigor,
Não cresce entre a relva
De virgem frescor;

Jardins de cultura
Não pode habitar
A flor de ventura
Que amor me quis dar.

Semente é divina
Que veio dos Céus;
Só n'alma germina
Ao sopro de Deus.

Tão alva e mimosa
Não há outra flor;
Uns longes de rosa
Lhe avivam a cor;

E o aroma... Ai!, delírio
Suave e sem fim!
É a rosa, é o lírio,
É o nardo, o jasmim;

É um filtro que apura,
Que exalta o viver,
E em doce tortura
Faz de ânsias morrer.

Ai!, morrer... que sorte
Bendita de amor!

Que me leve a morte
Beijando-te, flor.

XV

Bela D'amor

Pois essa luz cintilante
Que brilha no teu semblante
Donde lhe vem o 'splendor?
Não sentes no peito a chama
Que aos meus suspiros se inflama
E toda reluz de amor?

Pois a celeste fragrância
Que te sentes exalar,
Pois, dize, a ingênua elegância
Com que te vês ondular
Como se baloiça a flor
Na Primavera em verdor,
Dize, dize: a natureza
Pode dar tal gentileza?
Quem ta deu senão amor?

Vê-te a esse espelho, querida,
Ai!, vê-te por tua vida,
E diz se há no céu estrela,
Diz-me se há no prado flor
Que Deus fizesse tão bela
Como te faz meu amor.

XVI

Os Cinco Sentidos

São belas – bem o sei, essas estrelas,
Mil cores – divinais têm essas flores;
Mas eu não tenho, amor, olhos para elas:
Em toda a natureza

Folhas caídas

Não vejo outra beleza
Senão a ti – a ti!

Divina – ai!, sim, será a voz que afina
Saudosa - na ramagem densa, umbrosa,
Será; mas eu do rouxinol que trina
Não oiço a melodia,
Nem sinto outra harmonia
Senão a ti – a ti!

Respira – n'aura que entre as flores gira,
Celeste - incenso de perfume agreste.
Sei... não sinto: minha alma não aspira,
Não percebe, não toma

Senão o doce aroma
Que vem de ti – de ti!

Formosos – são os pomos saborosos,
É um mimo – de néctar o racimo:
E eu tenho fome e sede ...sequiosos,
Famintos meus desejos
Estão... mas é de beijos,
É só de ti – de ti!

Macia – deve a relva luzidia
Do leito – ser por certo em que me deito.
Mas quem, ao pé de ti, quem poderia
Sentir outras carícias,
Tocar noutras delícias
Senão em ti – em ti!

A ti!, ai, a ti só os meus sentidos
Todos num confundidos,
Sentem, ouvem, respiram;
Em ti, por ti deliram.
Em ti a minha sorte,
A minha vida em ti;
E quando venha a morte,
Será morrer por ti.

XVII

Rosa e Lírio

A rosa
É formosa;
Bem sei.
Porque lhe chamam – flor
D'amor,
Não sei.

A flor,
Bem de amor
É o lírio;
Tem mel no aroma – dor
Na cor
O lírio.

Se o cheiro
É fagueiro
Na rosa,
Se é de beleza – mor
Primor
A rosa,

No lírio
O martírio
Que é meu
Pintado vejo: cor
E ardor
É o meu.

A rosa
É formosa,
Bem sei...
E será de outros flor
D'amor...
Não sei.

XVIII

Coquette dos prados

Coquette dos prados,
A rosa é uma flor
Que inspira e não sente
O encanto d'amor.

De púrpura a vestem
Os raios do Sol;
Suspiram por ela
Ais do rouxinol:

E as galas que traja
Não as agradece,
E o amor que acende
Não o reconhece.

Coquette dos prados
Rosa, linda flor,
Porquê, se o não sentes,
Inspiras amor?

XIX

Cascais

Acabava ali a Terra
Nos derradeiros rochedos,
A deserta árida serra
Por entre os negros penedos
Só deixa viver mesquinho
Triste pinheiro maninho.

E os ventos despregados
Sopravam rijos na rama,
E os céus turvos, anuviados,
O mar que incessante brama...

Tudo ali era braveza
De selvagem natureza.

Aí, na quebra do monte,
Entre uns juncos mal medrados,
Seco o rio, seca a fonte,
Ervas e matos queimados,
Aí nessa bruta serra,
Aí foi um Céu na Terra.

Ali sós no mundo, sós,
Santo Deus!, como vivemos!
Como éramos tudo nós
E de nada mais soubemos!
Como nos folgava a vida
De tudo o mais esquecida!

Que longos beijos sem fim,
Que falar dos olhos mudo!
Como ela vivia em mim,
Como eu tinha nela tudo,
Minha alma em sua razão,
Meu sangue em seu coração!

Os anjos aqueles dias
Contaram na eternidade:
Que essas horas fugidias,
Séculos na intensidade,
Por milênios marca Deus
Quando as dá aos que são seus.

Ai!, sim, foi a trapos largos,
Longos, fundos que a bebi
Do prazer a taça – amargos
Depois... depois os senti
Os travos que ela deixou...
Mas como eu ninguém gozou.

Ninguém: que é preciso amar
Como eu amei – ser amado
Como eu fui; dar, e tomar
Do outro ser a quem se há dado,

Toda a razão, toda a vida
Que em nós se anula perdida.

Ai, ai!, que pesados anos
Tardios depois vieram!
Oh!, que fatais desenganos,
Ramo a ramo, a desfizeram
A minha choça na serra,
Lá onde se acaba a Terra!

Se o visse... não quero vê-lo
Aquele sítio encantado.
Certo estou não conhecê-lo,
Tão outro estará mudado,
Mudado como eu, como ela,
Que a vejo sem conhecê-la!

Inda ali acaba a Terra,
Mas já o céu não começa;
Que aquela visão da serra
Sumiu-se na treva espessa,
E deixou nua a bruteza
Dessa agreste natureza.

XX

Estes sítios!

Olha bem estes sítios queridos,
Vê-os bem neste olhar derradeiro...
Ai!, o negro dos montes erguidos,
Ai!, o verde do triste pinheiro!
Que saudades que deles teremos...
Que saudade!, ai, amor, que saudade!
Pois não sentes, neste ar que bebemos,
No acre cheiro da agreste ramagem,
Estar-se alma a tragar liberdade
E a crescer de inocência e vigor!
Oh!, aqui, aqui só se engrinalda
Da pureza da rosa selvagem,

E contente aqui só vive Amor.
O ar queimado das salas lhe escalda
De suas asas o níveo candor,
E na frente arrugada lhe cresta
A inocência infantil do pudor.
E oh!, deixar tais delícias como esta!
E trocar este céu de ventura
Pelo inferno da escrava cidade!
Vender alma e razão à impostura,
Ir saudar a mentira em sua corte,
Ajoelhar em seu trono à vaidade,
Ter de rir nas angústias da morte,
Chamar vida ao terror da verdade...
Ai!, não, não... nossa vida acabou,
Nossa vida aqui toda ficou.
Diz-lhe adeus neste olhar derradeiro,
Dize à sombra dos montes erguidos,
Dize-o ao verde do triste pinheiro,
Dize-o a todos os sítios queridos
Desta ruda, feroz soledade,
Paraíso onde livres vivemos...
Oh!, saudades que dele teremos,
Que saudade!, ai, amor, que saudade!

XXI

Não te amo

Não te amo, quero-te: o amar vem d'alma.
E eu n'alma – tenho a calma,
A calma – do jazigo.
Ai!, não te amo, não.

Não te amo, quero-te: o amor é vida.
E a vida – nem sentida
A trago eu já comigo.
Ai!, não te amo, não.

Ai!, não te amo, não; e só te quero
De um querer bruto e fero

Que o sangue me devora,
Não chega ao coração.

Não te amo. És bela, e eu não te amo, ó bela.
Quem ama a aziaga estrela
Que lhe luz na má hora
Da sua perdição?

E quero-te, e não te amo, que é forçado,
De mau feitiço azado
Este indigno furor.
Mas oh!, não te amo, não.

E infame sou, porque te quero; e tanto
Que de mim tenho espanto,
De ti medo e terror ...
Mas amar... não te amo, não.

XXII

Não és tu

Era assim, tinha esse olhar,
A mesma graça, o mesmo ar,
Corava da mesma cor,
Aquela visão que eu vi
Quando eu sonhava de amor,
Quando em sonhos me perdi.

Toda assim; o porte altivo,
O semblante pensativo,
E uma suave tristeza
Que por toda ela descia
Como um véu que lhe envolvia,
Que lhe adoçava a beleza.

Era assim; o seu falar,
Ingênuo e quase vulgar,
Tinha o poder da razão
Que penetra, não seduz;

Não era fogo, era luz
Que mandava ao coração.

Nos olhos tinha esse lume,
No seio o mesmo perfume,
Um cheiro a rosas celestes,
Rosas brancas, puras, finas,
Viçosas como boninas,
Singelas sem ser agrestes.

Mas não és tu... ai!, não és:
Toda a ilusão se desfez.
Não és aquela que eu vi,
Não és a mesma visão,
Que essa tinha coração,
Tinha, que eu bem lho senti.

XXIII

Beleza

Vem do amor a Beleza,
Como a luz vem da chama.
É lei da natureza:
Queres ser bela? – ama.

Formas de encantar,
Na tela o pincel
As pode pintar;
No bronze o buril
As sabe gravar;
E estátua gentil
Fazer o cinzel
Da pedra mais dura...
Mas Beleza é isso? – Não; só formosura.

Sorrindo entre dores
Ao filho que adora
 Inda antes de o ver
 – Qual sorri a aurora

Chorando nas flores
Que estão por nascer
– A mãe é a mais bela das obras de Deus.
Se ela ama! – O mais puro do fogo dos céus
Lhe ateia essa chama de luz cristalina:

É a luz divina
Que nunca mudou,
É luz... é a Beleza
Em toda a pureza
Que Deus a criou.

XXIV

Anjo és

Anjo és tu, que esse poder
Jamais o teve mulher,
Jamais o há-de ter em mim.
Anjo és, que me domina
Teu ser o meu ser sem fim;
Minha razão insolente
Ao teu capricho se inclina,

E minha alma forte, ardente,
Que nenhum jugo respeita,
Covardemente sujeita
Anda humilde a teu poder.
Anjo és tu, não és mulher.

Anjo és. Mas que anjo és tu?
Em tua frente anuviada
Não vejo a c'roa nevada
Das alvas rosas do céu.
Em teu seio ardente e nu
Não vejo ondear o véu
Com que o sôfrego pudor
Vela os mistérios d'amor.
Teus olhos têm negra a cor,
Cor de noite sem estrela;

A chama é vivaz e é bela,
Mas luz não tem. – Que anjo és tu?
Em nome de quem vieste?
Paz ou guerra me trouxeste
De Jeová ou Belzebu?

Não respondes – e em teus braços
Com frenéticos abraços
Me tens apertado, estreito!...
Isto que me cai no peito
Que foi?... Lágrima? – Escaldou-me
Queima, abrasa, ulcera... Dou-me,
Dou-me a ti, anjo maldito,
Que este ardor que me devora
É já fogo de precito,
Fogo eterno, que em má hora
Trouxeste de lá... De donde?
Em que mistérios se esconde
Teu fatal, estranho ser!
Anjo és tu ou és mulher?

XXV

Víbora

Como a víbora gerado,
No coração se formou
Este amor amaldiçoado
Que à nascença o espedaçou.

Para ele nascer morri;
E em meu cadáver nutrido,
Foi a vida que eu perdi
A vida que tem vivido.

Livro Segundo

I

Barca bela

Pescador da barca bela,
Onde vás pescar com ela,
Que é tão bela,
Ó pescador?

Não vês que a última estrela
No céu nublado se vela?
Colhe a vela,
Ó pescador!

Deita o lanço com cautela,
Que a sereia canta bela...
Mas cautela,
Ó pescador!

Não se enrede a rede nela,
Que perdido é remo e vela
Só de vê-la,
Ó pescador.

Pescador da barca bela,
Inda é tempo, foge dela,
Foge dela,
Ó pescador!

II

A Coroa

Bem sei que é toda de flores
Essa coroa d'amores
Que na frente vais cingir.
Mas é coroa – é reinado;

E a posto mais arriscado
Não se pode hoje subir.

Nesses reinos populosos
Os vassalos revoltosos
Tarde ou cedo dão a lei.
Quem há-de conter, domá-los,
Se são tantos os vassalos
E um só o pobre do rei?

Não vejo, rainha bela,
Para fugir essa estrela
Que os reis persegue sem dó,
Mais que um meio – falo sério:
É pôr limites ao império
E ter um vassalo só.

III

Sina

Por todas quantas estrelas
Tem o céu que possam mais,
Pelas flores virginais
De que se c'roam donzelas,
Pelas lágrimas singelas
Que o primeiro amor derrama,
Por aquela etérea chama
Que a mão de Deus acendeu

E que na Terra alumia
Quanto há na terra do Céu!
Por tudo quanto eu queria
Quando eu sabia querer,
E por tudo quanto eu cria
Quando me era dado crer!
Bem-fadada seja a vida

Que por estas folhas brancas
Sua história há-de escrever!

Folhas caídas

Que as dores lhe venham mancas
E com asas o prazer!

Esta sina que lhe dou,
Bruxa não na adivinhou,
Nem duende ma ensinou:
Li-a eu por meu condão
Em seus olhos inocentes,
Transparentes - transparentes
Até dentro ao coração.

IV

Ai, Helena!

Ai, Helena!, de amante e de esposo
Já o nome te faz suspirar,
Já tua alma singela pressente
Esse fogo de amor delicioso
Que primeiro nos faz palpitar!...
Oh!, não vás, donzelinha inocente,
Não te vás a esse engano entregar:
E amor que te ilude e te mente,
É amor que te há-de matar!

Quando o Sol nestes montes desertos
Deixa a luz derradeira apagar,
Com as trevas da noite que espanta
Vêm os anjos do Inferno encobertos
A sua vítima incauta afagar.
Doce é a voz que adormece e quebranta,
Mas a mão do traidor... faz gelar.
Treme, foge do amor que te encanta,
É amor que te há-de matar.

V

The rose - A sigh

If this delicious, grateful flower,
Which blows but for a little hour,
Should to the sight so lovely be,
As from it's fragrance seems to me,
A sigh must then it's colour show,
For that is the softest joy I know.
And sure the rose is like a sigh,
Borne just to soothe and then – to die.

VI

A Rosa – Um suspiro

Se esta flor tão bela e pura,
Que apenas uma hora dura,
Tem pintado no matiz
O que o seu perfume diz,
Por certo na linda cor
Mostra um suspiro d'amor:
Dos que eu chego a conhecer
É este o maior prazer.
E a rosa como um suspiro
Há-de ser; bem se discorre:
Tem na vida o mesmo giro,
É um gosto que nasce e – morre.

VII

Retrato

(Num álbum)

Ah!, despreza o meu retrato
Que lhe eu queria aqui pôr!
Tem medo que lhe desfeie
O seu livro de primor?
Pois saiba que por despique
Eu sei também ser pintor:
Co'esta pena por pincel,
E a tinta do meu tinteiro,
Vou fazer o seu retrato
Aqui já de corpo inteiro.

Vamos a isto. – Sentada
Na cadeira *moyen âge*,
O cabelo en *châtelaines*,
As mangas soltas. – É o traje.

Em longas pregas negras
Caia o veludo e arraste;
De si com desdém régio
Com o pezinho o afaste...

Nessa atitude! Está bem:
Agora mais um jeitinho;
A airosa cabeça a um lado
E o lindo pé no banquinho.

Aqui estão os contornos, são estes,
Nem Daguerre lhos tira melhor.
Este é o ar, esta a pose, eu lho juro,
E o trajar que lhe fica melhor.

Vamos agora ao difícil:
Tirar feição por feição;
Entendê-las, que é o ponto,
E dar-lhe a justa expressão.

Os olhos são cor da noite,
Da noite em seu começar,
Quando inda é jovem, incerta,
E o dia vem de acabar;

Têm uma luz que vai longe,
Que faz gosto de queimar:
É uma espécie de lume
Que serve só de abrasar.

Na boca há um sorriso amável.
Amável é... mas queria
Saber se é todo bondade
Ou se meio é zombaria.

Ninguém mo diz? O retrato
Incompleto ficará,
Que nestas duas feições
Todo o ser, toda a alma está.

Pois fiel como um espelho
É tudo o que nele fiz,
E o que lhe falta – que é muito,
Também o espelho o não diz.

VIII

Lucinda

Ergue a frente, lírio,
Ergue a branca frente!
O astro do delírio
Já surgiu no oriente.

Vês, o sol ardente
Lá caiu no mar;
A frente pendente
Ergue a respirar!

Folhas caídas

Alvo é o luar,
Teu alvor não cresta;
A hora de gozar,
De viver é esta.

Longa foi a sesta,
Longo o teu dormir;
Ergue a branca testa,
Tempo é de surgir!

Já se abre a sorrir
Tua boca linda...
Despertar, sentir
Ou sonhar é ainda?

Sonho que não finda
Será o teu sonhar,
Se a dormir, Lucinda,
Te sentes amar.

IX

As duas rosas

Sobre se era mais formosa
A vermelha ou branca rosa,
Ardeu séculos a guerra
Em Inglaterra.

Paz entre as duas, jamais!
Reinar ambas as rivais,
Também não; e uma ceder
Como há-de ser?

Faltei eu lá na Inglaterra
Para acabar com a guerra.
Ei-las aqui bem iguais,
Mas não rivais.

Atei-as em laço estreito:
Que artista fui, com que jeito!
E oh!, que lindas são, que amores
As minhas flores!

Dirão que é cópia – bem sei:
Que todo inteiro o roubei
Meu pensamento brilhante
Do teu semblante...

Será. Mas se é tão belo
Que lhe deem esse modelo,
Do meu quadro, na verdade,
Tenho vaidade.

X

Voz e aroma

A brisa vaga no prado,
Perfume nem voz não tem;
Quem canta é o ramo agitado,
O aroma é da flor que vem.

A mim, tornem-me essas flores
Que uma a uma eu vi murchar,
Restituam-me os verdores
Aos ramos que eu vi secar

E em torrentes de harmonia
Minha alma se exalará,
Esta alma que muda e fria
Nem sabe se existe já.

XI

Seus olhos

Seus olhos – que eu sei pintar
O que os meus olhos cegou –
Não tinham luz de brilhar,
Era chama de queimar;
E o fogo que a ateou
Vivaz, eterno, divino,
Como facho do Destino.

Divino, eterno! – e suave
Ao mesmo tempo: mas grave
E de tão fatal poder,
Que, um só momento que a vi,
Queimar toda a alma senti...
Nem ficou mais de meu ser,
Senão a cinza em que ardi.

XII

A Délia

Cuidas tu que a rosa chora,
Que é tamanha a sua dor,
Quando, já passada a aurora,
O Sol, ardente de amor,
Com seus beijos a devora?
– Feche virgíneo pudor
O que inda é botão agora
E amanhã há-de ser flor;
Mas ela é rosa nesta hora,
Rosa no aroma e na cor.

– Para amanhã o prazer
Deixe o que amanhã viver.
Hoje, Délia, é nossa a vida;
Amanhã... o que há-de ser?

A hora de amor perdida
Quem sabe se há-de volver?
Não desperdices, querida,
A duvidar e a sofrer
O que é mal gasto da vida
Quando o não gasta o prazer.

XIII

A jovem americana

Donde é que te eu vi, donzela,
E o que eras tu nesta vida
Quando não tinhas vestida
A forma de virgem bela
Que ora te vejo trajar?

Estrela foste no céu,
Serias no prado flor?
Ou, no diáfano splendor
De que Íris faz o seu véu,
Estavas, Silfa, a bordar?

Não houve poeta ainda
Que te não visse e cantasse,
Mulher que não te invejasse,
Nem pintor que a face linda
Te não fosse copiar.

Séculos tens. – E ah!... já sei
Quem és, quem foste e hás-de
Bem te eu estava a conhecer
Quando primeiro te olhei
Sem te poder estranhar.

Com Deus e coa Liberdade
De nossas terras fugiste
Quando perdidos nos viste,
E te foste à soledade.
Do Novo Mundo acoitar.

Pois que ora piedosa vens
E nos sentes ressurgir,
Oh!, não tornes a fugir,
Que melhor pátria não tens
Nem que mais te saiba amar.

Teu natal celebraremos
Hoje e sempre: teus amigos
Somos na lealdade antigos,
E no ardor novos seremos,
No desvelo em te adorar:

Porque tu és o Ideal
Da só beleza – do Bem;
Não és estranha a ninguém,
E de ti só foge o mal
Que te não pode encarar.

XIV

Adeus, mãe!

– «Adeus, mãe!, adeus, querida
Que eu já não posso coa vida
E os anjos chamam por mim.
Adeus, mãe, adeus! ... Assim,
Junta os teus lábios aos meus
E recebe o último adeus
Neste suspiro... Não chores
Não chores: aquelas dores
Já sinto acalmar em mim.
Adeus, mãe, adeus!... Assim,
Junta os teus lábios aos meus...
Um beijo – um último... Adeus!»

E o corpo desanimado
No colo da mãe caía;
E ela o corpo... só pesado,
Só mais pesado o sentia!

Não se lamenta, não chora,
E quase a sorrir, dizia:
«Que tem este filho agora,
Que tanto pesa? Não posso...»
E uma a uma, osso por osso,
Com a mão trémula tenta
As mãozinhas descarnadas,
As faces cavas, mirradas,
A testa inda morna e lenta.
«Que febre, que febre!», diz;
E em tudo pensa a infeliz,
Tudo que há mau lhe ocorreu,
Tudo – menos que morreu.

Como nos gelos do Norte
O sono traidor da morte
Engana o desfalecido
Que imagina adormecer,
Assim cansado, esvaído
De tão longo padecer,
Já não há no coração
Da mãe força de sentir;

Não tem já lume a razão
Senão só para a iludir.

Acorda, ó mãe desgraçada,
Que é tempo de despertar!
Anda ver a eça armada,
As luzes que ardem no altar.
Ouves? É a rouca toada
Dos padres a salmear!...
Vamos, que a hora é chegada,
É tempo de o amortalhar.

E os anjos cantavam:
«Aleluia!»
E os santos clamavam:
«Hosana!»

Ao triste cantar da Terra
Responde o cantar do Céu;

Todos lhe bradam: « Morreu!»
E a todos o ouvido cerra.

E os sinos a tocar,
E os padres a rezar,
E ela ainda a acalentar
Nos braços o filho morto,

Que já não tem mais conforto,
Mais sossego neste mundo
Que o jazigo húmido e fundo
Onde há-de ir a sepultar.

Levai, ó anjos de Deus,
Levai essa dor aos Céus.
Com a alma do inocente
Aos pés do Juiz Clemente
Aí fique a santa dor
Rogando à Eterna Bondade
Que estenda a imensa piedade
A quantos pecam d'amor.

XV

Ave, Maria

Maria, doce Mãe dos desvalidos,
A ti clamo, a ti brado!
A ti sobem, Senhora, os meus gemidos,
A ti o hino sagrado
Do coração de um pai voa, ó Maria,
Pela filha inocente.
Com sua débil voz que balbucia,
Piedosa mãe clemente,
Ela já sabe, erguendo as mãos tenrinhas,
Pedir ao Pai dos Céus
O pão de cada dia. As preces minhas
Como irão ao meu Deus,
Ao meu Deus que é teu filho e tens nos braços,
Se tu, mãe de piedade,

Me não tomas por teu? Oh!, rompe os laços
Da velha humanidade;
Despe de mim todo outro pensamento
E vã tenção da Terra;
Outra glória, outro amor, outro contento
De minha alma desterra.
Mãe, oh!, Mãe, salva o filho que te implora
Pela filha querida.
De mais tenho vivido, e só agora
Sei o preço da vida,
Desta vida, tão mal gasta e prezada
Porque minha só era...
Salva-a, que a um santo amor está votada,
Nele se regenera.

XVI

Os exilados
(À Sr.ª Rossi-Caccia)

Eles tristes, das praias do desterro,
Os olhos longos e arrasados de água
Estendem para aqui... Cravado o ferro
Da saudade têm n'alma; e é negra mágoa
A que lhes rala os corações aflitos,
É a maior da vida – são proscritos,
Dor como outra não há, é a dor que os mata!
Dizer eu: «Essa terra é minha... minha,
Que nasci nela, que a servi, a ingrata!
Que lhe dei... dei por ela quanto tinha,
Sangue, vida, saúde, os bens da sorte...
E ela, por galardão, me entrega à morte!»

Morte lenta e cruel – a de Ugolino!
Bem lhes quiseram dar...
Mas não será assim: sopro divino
De bondade e nobreza
Não o pode apagar
Nos corações da gente portuguesa

Esse rancor de fera
Que em almas negras, negro e vil impera.

Tu, gênio da Harmonia,
Tu solta a voz em que triunfa a glória,
Com que suspira amor!
Bela de entusiasmo e de fervor,
Ergue-te, ó Rossi, tua voz nos guia:
A tua voz divina
Hoje um eco imortal deixa na história.

Inda no mar de Egina
Soa o hino de Alceu;
E atravessaram séculos
Os cantos de Tirteu.
Mais poderosa e válida
A tua voz será;
A tua voz etérea,
Tua voz não morrerá.

Nós no templo da pátria penduramos
Esta c'roa singela
Que de mirto e de rosas entrançamos
Para essa fronte bela:
Aqui, de voto, ficará pendente,
E um culto de saudade
Aqui, perenemente,
Lhe daremos no altar da Liberdade.

XVII

Preito

É lei do tempo, Senhora,
Que ninguém domine agora
E todos queiram reinar.
Quanto vale nesta hora
Um vassalo bem sujeito,
Leal de homenage e preito
E fácil de governar?

Pois o tal sou eu, Senhora:
E aqui juro e firmo agora
Que a um despótico reinar
Me rendo todo nesta hora,
Que a liberdade sujeito...
Não a reis! – outro é meu preito:
Anjos me hão-de governar.

XVIII

No lumiar

Era um dia de Abril; a Primavera
Mostrava apenas seu virgíneo seio
Entre a folhagem tenra; não vencera,
De todo, o Sol o misterioso enleio
Da névoa rara e fina que estendera
A manhã sobre as flores; o gorjeio
Das aves inda tímido e infantil...
Era um dia de Abril.
E nós íamos lentos passeando
De vergel em vergel, no descuidado
Sossego d'alma que se está lembrando
Das lutas do passado,
Das vagas incertezas do porvir.
E eu não cansava de admirar, de ouvir,
Porque era grande, um grande homem deveras
Aquele duque – ali maior ainda,
Ali no seu Lumiar, entre as sinceras
Belezas desse parque, entre essas flores,
A qual mais bela e de mais longe vinda
Esmaltar de mil cores
Bosque, jardim, e as relvas tão mimosas,
Tão suaves ao pé – muito há cansado
De pisar alcatifas ambiciosas,
De tropeçar no perigoso estrado
Das vaidades da Terra.
E o velho duque, o velho homem de Estado,
Ao falar dessa guerra

Distante – e das paixões da humanidade,
Sorria malicioso
Daquele sorrir fino sem maldade,
Que tão seu era, que, entre desdenhoso
E benévolo, a quanto lhe saía
Dos lábios dava um cunho de nobreza,
De razão superior.
E então como ele a amava e lhe queria
A esta pobre terra portuguesa!
Velha tinha a razão, velha a experiência,
Jovem só esse amor.

Tão jovem, que inda cria, inda esperava,
Inda tinha a fé viva da inocência!...
Eu, na força da vida,
Tristemente de mim me envergonhava.

– Passeávamos assim, e em reflectida
Meditação tranquila descuidados
Íamos sós, já sem falar, descendo
Por entre os velhos olmos tão copados,
Quando sentimos para nós crescendo
Rumor de vozes finas que zumbia
Como enxame de abelhas entre as flores,
 E vimos, qual Diana entre os menores
Astros do céu, a forma que se erguia,
Sobre todas gentil, dessa estrangeira
Que se esperava ali. Perfeita, inteira
No velho amável renasceu a vida
E a graça fácil. Cuidei ver o antigo
O nobre Portugal que ressurgia
No venerando amigo;
E na formosa dama que sorria,
O gênio da subida,
Rara e fina elegância que a nobreza,
O gosto, o amor do Belo, o instinto da Arte
Reúne e faz irmãos em toda a parte;
Que afere a grandeza
Pela medida só dos pensamentos,
Do 'stilo de viver, dos sentimentos,
Tudo o mais como fútil desprezando.

Pensei que a saudar o velho ilustre
Em seus últimos dias
E a despedir-se, até Deus sabe quando,
De nossas praias tristes e sombrias,
Vinha esse gênio... Tristes e sombrias,
Que o sol lhe foge, lhe esmorece o lustre,
E onde tudo que é alto vai baixando...

O triste, o que não tem já sol que o aqueça
Sou eu talvez – que, à míngua de fé, sinto
O cérebro gelar-me na cabeça
Porque no coração o fogo é extinto.
Ele não era assim,
Ou sabia fingir melhor do que eu!

– Como o nobre corcel que envelheceu
Nas guerras, ao sentir o áureo telim
E as armas sobre o dorso descarnado,
Remoça o garbo, em juvenil meneio
Franja de espuma o freio,
E honra os brasões da casa em que foi nado.

Nunca me há de esquecer aquele dia!
Nem os olhos, as falas, e a sincera
Admiração da bela dama inglesa
Por tudo quanto via;
O fruto, a flor, o aroma, o sol que os gera,
E esta vivaz, veemente natureza,
Toda de fogo e luz,
Que ama incessante, que de amar não cansa,
E contínua produz
Nos frutos o prazer, na flor a esp'rança.

Ali as nações todas se juntaram,
Ali as várias línguas se falaram;
A Europa convidada
Veio ao festim – não ao festim, ao preito.
Vassalagem rendida foi prestada
Ao talento, à beleza,
A quanto n'alma infunde amor, respeito,
Porque é deveras grande – que a grandeza
Os homens não a dão; Põe-na por sua mão

Naqueles que são seus,
Nos que escolheu – só Deus.

Oh!, minha pobre terra, que saudades
Daquele dia! Como se me aperta
O coração no peito coas vaidades,
Coas misérias que aí vejo andar alerta,
À solta apregoando-se! Na intriga,
Na traição, na calúnia é forte a liga,
É fraca em tudo o mais...

Tu, sossegado
Descansa no sepulcro; e cerra, cerra
Bem os olhos, amigo venerado,
Não vejas o que vai por nossa terra.
Eu fecho os meus, para trazer mais viva
Na memória a tua imagem
E a dessa bela Inglesa que se esquiva
De nós entre a folhagem
Dos bosques de Parténope. Cansado,
Fito nesta miragem
Os olhos d'alma, enquanto que, arrastado,
Vai o tardio pé
Por este que inda é,
Que cedo não será, bem cedo – em mal!
O velho Portugal.

XIX

A um amigo

Fiel ao costume antigo,
Trago ao meu jovem amigo
Versos próprios deste dia.
E que de os ver tão singelos,
Tão simples como eu, não ria:
Qualquer os fará mais belos,
Ninguém tão d'alma os faria.

Que sobre a flor de seus anos
Soprem tarde os desenganos;
Que em torno os bafeje amor,
Amor da esposa querida,
Prolongando a doce vida
Fruto que suceda à flor.

Recebe este voto, amigo,
Que eu, fiel ao uso antigo,
Quis trazer-te neste dia
Em poucos versos singelos.
Qualquer os fará mais belos,
Ninguém tão d'alma os faria.

FIM